Baumtraum
Vogelnest
Frühstücksplatz

Dieses Buch gehört:

____

In dieser Reihe erschienen:

ISBN 978-3-649-60582-9

ISBN 978-3-649-60583-6

ISBN 978-3-649-61169-1

5 4 3 2 1
ISBN 978-3-649-61178-3

Text: Barbara Zoschke
Illustration: Elisabeth Bruder
Umschlaggestaltung: Geviert – Büro für Kommunikationsdesign, München, Michaela Kneißl
Lektorat: Isabelle Ickrath
Satz: Christiane Leesker

Printed in China
www.coppenrath.de

TIPPI TAMTAM
rettet die Schmetterlinge

Von Barbara Zoschke
Mit Illustrationen von Elisabeth Bruder

COPPENRATH

Langschläfer

„Mama soll jetzt endlich aufstehen!", mault Tippi Tamtam. „Ich will meine Überraschung haben!" Sie stellt sich vor Baumhaus Wipfelruh und presst die Nase an die Fensterscheibe.

Tippi sieht von dort aus, wie ihre Mutter ins Kissen gekuschelt im Bett liegt und tief und fest schlummert.

„Lass sie doch schlafen", ruft das Eichhörnchen Nusstorte. Es sitzt auf dem Tisch des Frühstücksplatzes und frisst die Reste von Tippis Müsli. „Deine Mama ist doch ACHTUNG! ACHTUNG! erst gestern nach Hause gekommen."
„Ja, eben!", schmollt Tippi weiter. „Und sie hat versprochen, mir aus Amerika eine Überraschung mitzubringen!"
Der kleine Wellensittich Meinspatz, der auf Tippis Kopf in einem gemütlichen Haarnest wohnt, meldet sich zu Wort: „Das hat sie bestimmt auch gemacht. Aber jetzt ist deine Mama müde, weil sie von Amerika nach Deutschland geflogen ist. Das nennt man …"
„… ssssetlag", summt Frau Doktor Mücke.
„Jetlag", verbessert Meinspatz genervt. „Das bekommen

alle, die von Amerika nach Deutschland fliegen. Das haben sie neulich im Fernsehen gesagt."
„Mir doch egal", entgegnet Tippi mürrisch. „Wo ist Papa überhaupt?"

„Er holt vielleicht Brötchen für die Gäste im Baumhaushotel", vermutet Nusstorte.

Tippi schaut zu den umliegenden Baumhäusern, die genau wie ihr Baumhaus in zehn Metern Höhe über dem Waldboden in die Wipfel der Bäume gebaut sind. „Die sind doch alle schon weg", stellt sie fest. „Keiner schläft so lange wie Mama." Sie klopft ans Fenster von Wipfelruh. Vielleicht wird Mama davon ja wach.
„Soll ich Ihre Mutter mal ein ganz kleines bisschen stechen?", fragt Frau Doktor Mücke und fliegt auch schon laut surrend auf das Schlüsselloch von Baumhaus Wipfelruh zu.

Nusstorte hüpft vom Tisch über den Steg aufs Fensterbrett.

„Ja, mach die Tür auf. Ich helfe Doktor Mücke und ACHTUNG! ACHTUNG! kitzle die Langschläferin an den Füßen!"

Tippi kichert. „Und ich springe auf ihrem Bett Trampolin!“ Donnernd hüpft sie über den Frühstücksplatz. Das macht Spaß! Die Stege und Brücken, die sechs von sieben Baumhäusern des Hotels mit dem Frühstücksplatz verbinden, schaukeln heftig auf und ab.
Meinspatz flattert auf. „Bist du verrückt geworden, Tippi?“, schimpft der gelbe Wellensittich. „Hör sofort auf damit!“
„Ach, Sie Angsthase“, surrt Frau Doktor Mücke. „Das ist doch lustig!“
Die Mücke fliegt auf den Boden und hüpft auf ihren dünnen Beinen hinter Tippi her.

Nusstorte klettert vom Fensterbrett auf das Dach von Baumhaus Wipfelruh und springt weiter zum Baumhaus Vogelnest, in dem Tippi mit ihren Tieren wohnt.

Dann nimmt er Anlauf und hüpft über den Blätterrausch hinauf zum Baumtraum, von dort auf die neue Baumkugel und wieder hinunter zu Luftikuss.
Nur das siebte Baumhaus, den Astpalast, kann noch nicht einmal Nusstorte mit einem Sprung erreichen. Dazu liegt das größte und schönste Baumhaus des Hotels zu weit entfernt von den anderen.

Doch Meinspatz findet das Gehüpfe gar nicht lustig und kreist besorgt über den Köpfen von Tippi Tamtam, Nusstorte und Frau Doktor Mücke. „Was du da machst, Tippi, ist gefährlich!", zwitschert der Wellensittich. „Davon gehen die Stege vielleicht kaputt! Und dann stürzt hier alles ein." Aber sein Schimpfen nützt nichts.

Erst als Tippi eine Fahrradklingel unter dem Frühstücksplatz hört, hält sie inne. Sie läuft zur Brüstung und späht hinab.

„Die Post ist da!", ruft ihr Vater von unten, steigt vom Fahrrad und zeigt auf ein langes Paket, das auf seinem Fahrradanhänger liegt.

Tippi rast die Stufen hinunter. Sie hilft ihrem Vater, das lange und schwere Paket vom Anhänger zu ziehen. Aufgeregt fragt sie: „Was ist denn da drin?"

Meinspatz landet auf dem Paket und pickt mit dem Schnabel auf ein Bild. „Das ist die amerikanische Flagge", zwitschert er. „Die haben sie neulich im Fernsehen gezeigt."
„Dann ist das Paket also aus Amerika?", fragt Tippi und will erneut wissen: „Was da wohl drin ist?"
„Deine Überraschung!", ruft ihre Mutter im Schlafanzug vom Frühstücksplatz hin-

unter. „Ich konnte das Paket nicht im Flugzeug mitnehmen, deshalb habe ich es mit der Post geschickt!“
„Mama! Endlich bist du wach!“, freut sich Tippi. Sie winkt ihrer Mutter zu, die noch ein bisschen verschlafen aussieht.
„Wollen wir die Überraschung gleich auspacken?“, fragt ihr Vater.
Tippi nickt begeistert.

Ihre Mutter bringt eine Schere mit nach unten und Tippi schneidet das Paket der Länge nach auf. „Sei vorsichtig, du darfst nicht in die Haut schneiden“, warnt sie.

Tippi erschrickt. „Ist da etwas Lebendiges drin?“
Die Eltern lachen. „Nein“, beruhigt Tina Tamtam ihre Tochter. „Mach nur weiter. Du wirst schon sehen!“
Das Eichhörnchen springt ins halb geöffnete Paket. „ACHTUNG! ACHTUNG! Das fühlt sich an wie Leder“, meldet es.
„Stimmt“, findet Frau Doktor Mücke, die Nusstorte gefolgt ist. Sie krabbelt über etwas Schwarzes und fährt mit dem Rüssel darüber. „Und das riecht nach Farbe.“
Jetzt hüpft Meinspatz aufgeregt auf dem Paket herum und zwitschert dabei laut. Tippi dreht sich zu ihren El-

tern um. „Meinspatz sagt, das sind Holzstangen mit Leder und Farbe.“

Tina Tamtam streichelt dem Wellensittich übers Köpfchen. „Stimmt genau, du schlaues Vögelchen. Gut, dass Tippi dich und die anderen Tiere verstehen kann.“

„Jetzt lasst uns die Überraschung aber mal endlich auspacken“, schlägt Tippis Vater vor. „Ich weiß ja auch nicht, was es ist und bin schon sehr gespannt!“

Aponi heißt Schmetterling

„Das ist ein Tipi!“, singt Meinspatz. „Das habe ich neulich bei Oma Hoffentlich im Fernsehen gesehen.“
Frau Doktor Mücke stöhnt. „Wir wissen selbst, dass das ein Tipi ist, Sie Angeber!“
„Ein Tipi?“, fragt Tippi.
„Ganz genau!“, sagt ihre Mutter. „Das ist ein echtes Indianerzelt und es heißt genauso wie du.“
Staunend geht Tippi um das runde Zelt herum, das ihr Vater aufgebaut hat, und betrachtet die Bilder, die mit roter, schwarzer, gelber und brauner Farbe auf die lederne Zelthaut gemalt sind.

Sie erkennt einen Büffel, einen Adler, ein Lagerfeuer, Pfeil und Bogen sowie viele kleine Schmetterlinge. Vorsichtig berührt sie das Bild eines Schmetterlings mit Punkten auf den Flügeln.

„Das Tipi hat einem Mädchen namens Aponi gehört“, erklärt die Mutter. „Und weißt du was? Aponi bedeutet ‚Mädchen, das mit den Schmetterlingen tanzt‘.“

„Deshalb sind so viele Schmetterlinge auf das Zelt gemalt“, überlegt Tippi laut.
„Und wo ist Aponi jetzt?“, fiept Nusstorte. „Hast du sie ACHTUNG! ACHTUNG! auch mitgebracht?“

Tippis Vater schaut dem Eichhörnchen zu, das aufgeregt vor dem Zelt hin und her läuft.

„Was hat Nusstorte denn?“, erkundigt er sich bei seiner Tochter.
„Nusstorte möchte wissen, wo Aponi nun ist“, übersetzt Tippi.
„Aponi ist jetzt eine erwachsene Frau. Sie hat ihren Stamm verlassen, um in der Stadt zu arbeiten“, erklärt Tippis Mutter „Wir haben uns angefreundet und zum Abschied hat sie mir das Zelt geschenkt.“
„Ich wüsste ja zu gern, wie es in diesem Tipi aussieht“, sagt Frau Doktor Mücke. Sie krabbelt über Tippis Arm bis zur Hand, hebt ab und fliegt auf das bunt bemalte Ledertuch zu, das den Eingang verhängt.

Tippi schlägt den Stoff zur Seite und betritt das Zelt. Augenblicklich wird es dunkel und ruhig um sie herum. Nur ein etwa tellergroßer heller Lichtfleck tanzt über den Waldboden.

Tippi schaut nach oben. Dort, wo sich die Zeltstangen über ihrem Kopf kreuzen, kann sie in den blauen Himmel sehen.

Dann lässt sie die Augen über die Zeltwände wandern und erkennt, dass sie innen mit denselben Bildern bemalt sind wie außen. Glücklich lachend lugt sie aus dem Eingang: „Und dieses schöne Zelt gehört jetzt mir?“
Tina Tamtam nickt und antwortet: „Dir ganz allein.“
Tippi stürmt auf ihre Mutter zu und schlingt die Arme um ihre Hüfte. „Danke!“, sagt sie und drückt ihr Gesicht gegen Tinas Bauch. „Du bist die liebste Mama der Welt.“
„Was für eine Wiedersehensfreude!“, hört Tippi eine Stimme hinter sich.

Sie lässt ihre Mutter los, um die alte Dame zu begrüßen, die mit einem fremden Mädchen an der Hand auf sie zukommt. „Guten Tag, Oma Hoffentlich."

Meinspatz flattert aus seinem Haarnest auf Tippis Kopf und fliegt Oma Hoffentlich entgegen. Nachdem er auf ihrer Schulter gelandet ist, streichelt Oma Hoffentlich den Wellensittich am Hals.

„Na du? Wann kommst du uns denn mal wieder besuchen? Mein Vogel Franzi vermisst dich schon!"
Der kleine Vogel zwitschert, singt und tiriliert vor Begeisterung.
„Heute Abend, wenn's recht ist", übersetzt Tippi, was Meinspatz gesagt hat. „Er möchte gerne seine Lieblingssendung bei dir gucken."
„Gerne!", freut sich Oma Hoffentlich.
„ACHTUNG! ACHTUNG! Wer bist du?", will Nusstorte jetzt wissen. Er hat sich dicht vor das Mädchen an Oma Hoffentlichs Hand gesetzt und schaut neugierig an ihm auf und ab.
„Das ist meine Enkelin Kira", stellt Oma Hoffentlich das Kind vor. „Sie verbringt das Wochenende bei mir."

Tippi freut sich und lächelt das Mädchen an. „Hallo Kira, ich bin Tippi. Hast du Lust, mit mir Indianer zu spielen?“, fragt sie.

Oma Hoffentlichs Enkelin nickt. Dann zeigt sie auf das Tipi. „Wohnst du da drin?“, will sie wissen.

„Nein“, antwortet Tippi. „Ich wohne da oben im Baumhaus Vogelnest, aber …“ Tipi hält inne und strahlt plötz-

lich übers ganze Gesicht. „Das mit dem Wohnen ist eine super Idee!“ Sie dreht sich zu ihren Eltern um. „Darf ich heute im Tipi schlafen? Ich könnte es mit Kira auf der Lichtung aufbauen. Wir nehmen Essen und Trinken mit und …“
„… und suchen Spuren“, fällt Kira Tippi ins Wort. „Indianer sind die allerbesten Spurensucher. Sie können zum Beispiel an einem Hufabdruck erkennen, ob ein Pferd schnell oder langsam gelaufen ist und auch, wie viel es wiegt.“
„Das stimmt“, singt Meinspatz. „Das haben sie neulich im Fernsehen gesagt.“

„Ach Sie mit ihrem dauernden Fernsehen. Das interessiert doch wirklich überhaupt niemanden!“, summt Frau Doktor Mücke.

„Pah!“, macht Meinspatz beleidigt. „Du bist ja nur neidisch, weil ich so viel weiß und du nicht.“
„Sagen Sie nicht du zu mir“, schimpft Frau Doktor Mücke. „Ich bin immerhin Ärztin!“
„Pah!“, wiederholt Meinspatz. „Das wüsste ich aber. Nur weil du mit deinem Stachel Blut saugst, bist du noch lange keine Ärztin!“
Die Fühler von Frau Doktor Mücke beginnen vor Wut zu

zittern. „Ich kann mit dem Stachel jede Wunde nähen, Sie Dummkopf!"

Nusstorte hüpft ins Tipi und hält sich die Ohren zu. Von drinnen ruft er so laut er kann: „ACHTUNG! ACHTUNG! Sofort aufhören zu streiten!"

Tippis Eltern schauen ihre Tochter verwundert an. „Was ist denn plötzlich mit deinen Tieren los?", fragt ihr Vater.
„Ach, nichts Besonderes", winkt Tippi ab. „Meinspatz und Frau Doktor Mücke streiten sich mal wieder."
Kira reißt die Augen auf. „Kannst du das Eichhörnchen da drinnen etwa verstehen?"
Tippi nickt. „Klar. Und ich verstehe auch, was die Mücke summt und was Meinspatz singt."
Tina legt eine Hand auf Tippis Schulter. „Tippi ist hier

im Wald, im Baumhaus Vogelnest, geboren und weil sie schon als Baby im Kinderwagen immer den Tierstimmen gelauscht hat, kann sie sie verstehen."
„Toll!", findet Kira.

Tippi hockt sich neben Doktor Mücke und Meinspatz, die vor dem Zelt auf dem Boden sitzen und sich zornig anfunkeln. „Wollt ihr beim Indianerspielen im Wald mitmachen?", fragt sie die beiden.

Meinspatz ist sofort begeistert. Er setzt sich wieder in sein Haarnest auf Tippis Kopf und zwitschert: „Vielleicht finden wir schon Brombeeren im Wald. Indianer sammeln doch auch Früchte, das haben sie neulich im Fernsehen gesagt."
Frau Doktor Mücke stöhnt, sagt aber nichts. Sie hat keine Lust mehr aufs Streiten und möchte lieber mit den Mädchen Indianer spielen.
Tippi lacht. „Meinspatz hat Hunger. Er will als Indianervogel Brombeeren suchen."
Kira betrachtet das Tipi nun etwas genauer. Sie fährt mit der Hand vorsichtig über die Abbildung eines Lagerfeuers.

„Ob die Farbe für die roten Funken aus Beeren hergestellt worden ist?", fragt sie.
Tippi zuckt mit den Schultern. „Keine Ahnung. Ich weiß nur, dass das Zelt früher Aponi gehört hat. Das bedeutet ‚Mädchen, das mit den Schmetterlingen tanzt'."

„Das ist aber ein schöner Name", findet Kira. Dann klatscht sie in die Hände. „Los komm, wir spielen Indianer und denken uns auch so schöne Namen für uns aus."

Tippi springt an ihrem Vater rauf und runter. „Dürfen wir dann auch im Tipi schlafen? Bitte!", bettelt sie.
Tippis Eltern und Oma Hoffentlich schauen sich fragend an. „Aber dann könnt ihr heute Abend ja doch nicht bei mir fernsehen", sagt Kiras Oma lachend zu den Mädchen. Schließlich ist sie aber mit dem Plan einverstanden, genau wie Tippis Eltern.
„Dann kommen wir morgen zum Fernsehen", trällert Meinspatz unbekümmert.
„Ich helfe euch, das Tipi zur Lichtung zu bringen", sagt Tina Tamtam. „Wollen wir es zusammenlegen und auf den Fahrradanhänger heben?"
„Juhuu!", jubeln die Mädchen. „Das machen wir!"
„Aber zum Essen hole ich euch beide lieber ab!", sagt

Theo Tamtam. „Bis dahin braucht ihr eigentlich nur etwas zu trinken."
Während die Mädchen das Zelt abbauen, läuft Tippis Vater die Treppe zum Frühstücksplatz hinauf und von dort hinüber in Tippis Baumhaus Vogelnest.

Als er zurückkommt, ist er mit Kissen und Decken beladen. Über seiner Schulter baumelt Tippis Rucksack, aus dem eine Wasserflasche herausragt.

Er legt alles in den Fahrradanhänger und meint: „Das wird wohl reichen."

Spuren im Wald

Tippi führt ihre Mutter, Kira und die Tiere zu einer schönen Stelle am Rande einer Waldlichtung. „Hier unter der Weide bauen wir das Tipi auf", schlägt sie vor.
„Gute Idee!", findet Tina Tamtam. „Dann habt ihr ein wenig Schatten und es wird nicht so heiß im Zelt." Sie richtet die Zeltstangen auf und hält sie fest. Die Mädchen fassen am unteren Ende eine Stange nach der anderen, machen immer zwei Schritte rückwärts und drücken die Stäbe in den weichen Waldboden. So spannen sie das Zelt, bis alle sechs Seiten stehen.
„Perfekt", findet Tina Tamtam. Dann legt sie die Decken und Kissen aus dem Anhänger vor das Zelt, steigt aufs Fahrrad und winkt den Mädchen zu. „Papa holt euch dann zum Essen ab. Viel Spaß!"
„Und wir kümmern uns schon mal um die Inneneinrichtung!", sagt Tippi.

Die Mädchen tragen die Kissen ins Zelt und breiten eine große Decke auf dem Boden aus. Für das Schlaflager legen sie zwei Kopfkissen und das restliche Bettzeug nebeneinander.

Kira setzt sich im Schneidersitz in die Mitte des Zeltes, schaut sich zufrieden um und seufzt glücklich. „Das ist echt gemütlich“, findet sie.

Nusstorte, Doktor Mücke und Meinspatz sitzen auf dem Zelt und fiepen, summen und zwitschern um die Wette.

Tippi schüttelt lachend den Kopf. „Keiner von euch ist der Häuptling“, ruft sie dann hinauf. „Unser Häuptling ist nämlich auf Kriegspfad und gar nicht da!“
Draußen wird es augenblicklich still. Dann hebt Meinspatz ab und flattert aufgeregt über dem Zelt hin und her. „Habt ihr das gehört? Der Häuptling ist auf Kriegspfad. Wir müssen ein Essen für seine Rückkehr kochen“, piept er den anderen zu. „Das machen die Indianer immer so. Los, kommt, ich weiß, wo wir Brombeerblätter finden.“

Nusstorte jagt dem Vögelchen nach: „ACHTUNG! ACHTUNG! Ich habe schon Holunderblüten gesehen.“

„Lass uns mit den Tieren Kräuter und Beeren sammeln“, sagt Tippi.

Kira nickt und fügt hinzu: „Wirklich toll, dass du die Tiere verstehen kannst."

Die Mädchen krabbeln aus dem Zelt und laufen den Tieren nach. Sie biegen von der Lichtung aus in einen schmalen Waldweg ein.

Goldgelbe Sonnenflecken tanzen über die Farne und Gräser. Während Nusstorte und Meinspatz schon außer Sichtweite sind, fliegt Doktor Mücke neben Tippi und Kira her.
„Schau mal", ruft Kira plötzlich. „Da sind Brennnesseln." Sie macht drei Schritte ins Unterholz und kniet sich neben die grünen Blätter am Boden. Dann fasst sie eine Brennnessel unten am Stiel, streicht an ihr entlang nach oben und pflückt die Pflanze.
„Aua", sagt Tippi. „Tut dir das nicht weh?"
Kira schüttelt den Kopf. „Wenn du die Haare der Brennnessel fest zusammendrückst, brennen sie nicht."
„Stimmt", sagt Doktor Mücke. „ „Außerdem …"
„… sind Brennnesseln für Menschen sehr gesund", zwitschert Meinspatz, „weil sie voller Vitamine sind. Das haben sie neulich im Fernsehen gesagt."
„Aber man kann Brennnesseln doch nicht essen", meint Tippi erstaunt.

„Doch“, widerspricht Kira. „Wir könnten daraus zum Beispiel eine Suppe kochen.

„Au ja!“, ruft Tippi. Vorsichtig streckt sie die Hand nach einer Brennnessel aus, spreizt Daumen und Zeigefinger um den Stiel, drückt zu und pflückt die Brennnessel.

„Funktioniert super“, freut sie sich.
Während die Mädchen zusammen Brennnesseln pflücken, erzählt Kira: „Ich gehe oft mit meiner Mutter Kräuter sammeln. Wenn wir noch Löwenzahn finden, könnten wir sogar Honig machen.“
Tippi leckt sich mit der Zunge über die Lippen. „Dann lass uns Löwenzahn suchen. Ich liebe Honig!“

Kira nimmt ihr Halstuch ab, legt die Brennnesseln darauf und fasst das Tuch an den Ecken zusammen. „Im Juni ist er leider häufig schon verblüht."
Die Mädchen gehen zurück auf den Weg. „Die Tiere sind bestimmt am Hochsitz", vermutet Tippi. „Da wächst der Holunder. Vielleicht finden wir unterwegs ja doch noch Löwenzahn." Sie läuft los und Kira folgt ihr.
„Halt!", ruft Doktor Mücke und kommt angeschwirrt. Tippi bleibt stehen. Die Mücke landet auf Tippis Hals und fragt: „Kann ich unter Ihr T-Shirt krabbeln?"
Tippi zieht an ihrem Ausschnitt. „Na klar, Frau Doktor. Immer hereinspaziert!"
Kira schaut Tippi bewundernd an. „Ich weiß schon einen Indianernamen für dich", sagt sie.
„Welchen denn?", will Tippi wissen.
„‚Mädchen, das die Tiere versteht'", sagt Kira.
Tippi lächelt. „Und für dich weiß ich auch einen. Du heißt ‚Mädchen, das die Wildkräuter kennt'."
„Au ja!", ruft Kira begeistert. „Das gefällt mir."

Als sie am Hochsitz ankommen, haben Meinspatz und Nusstorte schon ein paar Holunderblüten und Brombeerblätter abgepflückt und auf den Boden gelegt.

„ACHTUNG! ACHTUNG!“, ruft Nusstorte ihnen zu. „Tretet die Holunderblüten nicht platt.“
Frau Doktor Mücke krabbelt aus Tippis T-Shirt und fliegt auf eine Blüte. „Holunder ist sehr gut gegen Müdigkeit, davon sollten Sie kosten, Fräulein Tamtam.“
„Ich bin doch gar nicht müde“, sagt Tippi.

„Und aus den Brombeerblättern kann man Tee gegen Bauchschmerzen machen. Das haben sie neulich im Fernsehen gesagt“, weiß Meinspatz.

„Stimmt genau“, pflichtet die Mücke ihm bei.
„Und was kann man mit diesen Federn machen?“, fragt Tippi. Sie bückt sich nach zwei braunschwarzen Vogelfedern, die auf dem Boden liegen, und gibt sich selbst die Antwort: „Die stecken wir uns in die Haare – wie richtige Indianer!“
Kira betrachtet die Feder, die Tippi ihr reicht. „Das ist eine Spur“, flüstert sie. „Der Stamm der Schwarzfußindianer trägt solche Federn. Sie haben bestimmt unseren Häuptling gefangen genommen und an den Marterpfahl gefesselt. Und sicherlich wollen sie uns angreifen.“
Tippi kichert und versteckt sich mit Kira und den Tieren hinter dem Stamm einer alten Eiche. Sie tun so, als hät-

ten sie Angst und hielten Ausschau nach den Schwarzfußindianern.

Tippi legt einen Finger auf den Mund und lauscht. Aber es ist kein Mucks zu hören. Langsam und bedächtig bewegen sich die beiden Mädchen mit den Tieren durchs Unterholz.

„Da!“ Nusstorte zeigt auf borstige Haare, die an einem Baumstamm kleben.
„Die sind von einem Wildschwein“, piept Meinspatz. „Das hat sich bestimmt hier gekratzt.“ Der Wellensittich flattert so leise, wie er kann. „Und seht mal hier“, singt

er. „Das sind Spuren einer Maus, die von einer Katze verfolgt wurde."
Tippi nickt. „Genau!"

Plötzlich bleibt Kira stehen. Sie zeigt auf einen Abdruck am Boden und sagt mit gepresster Stimme: „Ich glaube, hier war jemand."

Tatsächlich! Genau vor ihnen führt eine Spur zu einer zweiten Weide. Dort verlieren sich die Schuhabdrücke im Laub. Tippi bückt sich und untersucht die Spuren. „Schaut euch das Muster an." Sie dreht sich zu Kira und den Tieren um. „Solche Rillen sind auf Schuhsohlen."
„Also können die Spuren nicht von einem Indianer sein", meint Kira. „Denn Indianer laufen barfuß oder tragen Mokassins mit glatter Sohle."
Probeweise stellt Tippi ihren Fuß in einen der Abdrücke. „Der Fuß ist nur etwas größer als meiner."
Das Eichhörnchen nickt. „Also ist der Mensch ACHTUNG! ACHTUNG! nicht besonders groß. Und weil die Abdrücke nicht besonders tief sind, auch leicht."

„Nusstorte hat recht", sagt Tippi. „Lasst uns zurück ins Tipi gehen und Kriegsrat halten. Wir müssen überlegen, was jetzt zu tun ist."

Die ohne Häuptling sind

„Da seid ihr ja“, begrüßt Tippis Vater die Mädchen. Er kommt ihnen auf halber Strecke zwischen Baumhaushotel und Tipi entgegen „Ich hole euch zum Essen ab.“ Er zeigt mit dem Daumen hinter sich. „An der Feuerstelle gibt’s Maiskolben und getrocknetes Büffelfleisch.“
Tippi lacht. Sie beugt sich zu Kira hinüber und flüstert: „Er meint bestimmt das Baumhaushotel. Und das Büffelfleisch ist eine Salami.“ Zu ihrem Vater sagt sie: „Und wir kochen eine Brennnesselsuppe. Wir haben nämlich Kräuter gesammelt.“

Kira legt ihr Halstuch auf den Boden und schlägt es auseinander.

„Hm, wie lecker“, sagt Theo Tamtam beim Anblick der Blüten und Blätter. „Kann man das denn auch alles wirklich essen?“

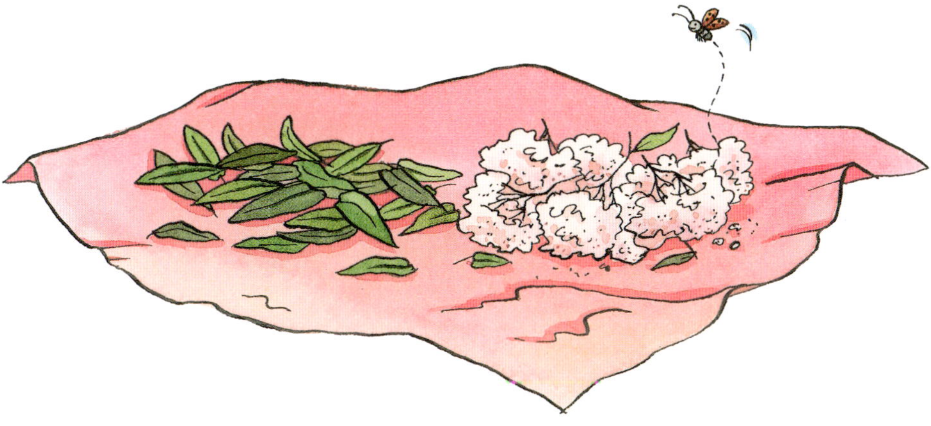

Kira nickt. „Ja, klar!"
„Dann ab zur Feuerstelle", schlägt Tippis Vater vor. „Oma Hoffentlich und Tippis Mama sind auch da."
Tippi stupst Kira in die Seite: „Ist ‚Mädchen, das die Wildkräuter kennt' einverstanden, wenn wir später Kriegsrat halten?"
Meinspatz fliegt wieder in sein Nest auf Tippis Kopf. Er plustert jetzt sein Gefieder auf und piept: „Ich will auch einen Indianernamen haben, sonst kann ich gar nicht richtig mitspielen."
„Typisch Meinspatz", summt Frau Doktor Mücke. „Dieser Vogel denkt immer nur an sich." Sie fliegt dicht vor Meinspatz' Kopf und lässt zornig ihre Fühler erbeben. „Wir anderen haben doch auch keine Indianernamen!"

„Das ACHTUNG! ACHTUNG! stimmt. Wir alle brauchen Indianernamen!", sagt Nusstorte. Er schlägt seinen buschigen Schwanz so kräftig auf den Boden, dass es staubt.

Theo Tamtam und Kira machen große Augen. Sie verstehen nicht, was die Tiere sagen, bemerken aber ihren Unmut. „Was ist los?", erkundigt sich Kira.
„Die Tiere wollen Indianernamen haben!", erklärt Tippi. Sie überlegt kurz und zeigt auf Frau Doktor Mücke:

„‚Heilt alle Wunden'." Dann wandert ihr Finger weiter zu Nusstorte und sie sagt: „‚Springt durch die Bäume'." Schließlich streicht sie dem kleinen Wellensittich in seinem Nest übers Köpfchen und nennt ihn: „‚Vogel, der alles weiß'."
Stolz streckt Meinspatz seine Brust nach vorn und schlägt laut mit den Flügeln.

Frau Doktor Mücke putzt ihren Rüssel und sieht dabei sehr zufrieden aus. Nusstorte klettert auf einen Baum und springt von einem Ast zum nächsten.

Tippi lacht. „Und zusammen heißen wir ‚Die ohne Häuptling sind'." Dann schlägt sie sich mit der flachen Hand vor den halb geöffneten Mund, macht den Indianerruf und rennt los Richtung Baumhaushotel.

Als sie auf dem Frühstücksplatz ankommen, sitzen Oma Hoffentlich und Tippis Mutter bereits auf der großen Holzbank.

„Mama ist ja immer noch müde", stellt Tippi fest, als ihre Mutter gähnt. „Wir machen ihr am besten gleich einen Holunderblütensaft, damit sie wach wird", meint die Mücke.
Die Mädchen verschwinden mit Frau Doktor Mücke in der Küchennische, wo sie die großen Stängel der Holunderblüten abtrennen und eine Zitrone in Scheiben schneiden. Schließlich geben sie die Holunderblüten und die Zitronenstücke in einen großen Krug und gießen kaltes Wasser darüber.
Anschließend waschen sie gemeinsam mit Tippis Vater die Brennnesseln. Theo Tamtam entzündet den Gasherd und setzt einen Topf Wasser auf die Flamme.

Während Kira die Brennnesselbätter in den Topf gibt, trägt Tippi das Holunderwasser zum Tisch. Sie stellt das Gefäß vor ihrer Mutter ab. „Das ist Indianerwasser nach einem Rezept von Frau Doktor Mücke“, sagt sie. „Davon wirst du bestimmt wach.“
Tina Tamtam gießt sich ein Glas ein und nippt daran. „„Das Wasser ist köstlich“, meint sie.
Tippi wendet sich an Oma Hoffentlich. „Möchtest du auch etwas trinken?“
Oma Hoffentlich schüttelt den Kopf. „Nein, danke. Ich habe nur Hunger.“

Nachdem Tippi und Kira den Tisch gedeckt haben, legen sie Essen für die Tiere ans obere Ende.

Nusstorte bekommt eine Eichel und Nüsse. Frau Doktor Mücke erhält von ihr einen Tropfen Pfirsichnektar und für Meinspatz gibt's Sonnenblumenkerne. Dann kann die Suppe serviert werden.
„Sehr lecker", meint Oma Hoffentlich, nachdem alles aufgegessen ist. Sie klopft ihrer Enkelin liebevoll auf den Rücken und schaut in die Runde. „Vielen Dank für die Mahlzeit. Aber jetzt muss ich nach Hause gehen."
Kira springt auf. „Und wir müssen zurück zum Tipi und Kriegsrat halten, denn wir haben sehr ungewöhnliche Spuren im Wald gefunden."
„Genau!", ruft Tippi. „Vielleicht finden wir heraus, zu wem sie gehören."
„Bis morgen früh", verabschieden sich Tippi und Kira und laufen dann die Treppe hinunter.

Diesmal folgen sie nicht dem Weg, um zum Tipi zu gelangen, sondern laufen quer durch den Wald. Sie schauen angestrengt nach unten und suchen noch lange nach Spuren.

Meinspatz hat von Tippis Kopf aus die beste Aussicht, Nusstorte hüpft durchs Laub und Doktor Mücke darf auf Kiras Schulter sitzen, weil sie versprochen hat, sie bestimmt nicht zu stechen.

Nach mehreren Runden im engeren und weiteren Umkreis beschließen sie, zu ihrem Tipi zurückzugehen.
Als sie schon fast an ihrem Zelt angekommen sind, macht Nusstorte eine Entdeckung. „Halt!“, fiept er. „Da vorne ACHTUNG! ACHTUNG! ist etwas!“
Tippi zupft Kira am Ärmel. „Was siehst du?“, fragt Tippi leise.
„Da liegt ein Glas“, erkennt das Eichhörnchen. Es zeigt mit seiner Pfote geradeaus. „Es ist unter dem Farn versteckt.“
Tippi kneift die Augen zusammen. „Kira, kannst du das Glas sehen?“

Kira nickt und schleicht auf leisen Sohlen weiter. Sie bückt sich und hebt das Gefäß auf. Es ist ein kleines verschraubtes Marmeladenglas. „Das ist bloß Müll“, sagt sie.

Aber Meinspatz widerspricht. „Im Deckel sind doch lauter Löcher. Ich glaube, das ist kein Müll, sondern eine Spur.“
Kira dreht das Glas in ihren Händen. „Da ist gar nichts drin.“

„Das kannst du nicht wissen“, sagt Tippi. „Vielleicht ist irgendetwas darin, was wir nicht sehen können.“
Kira lässt das Glas erschrocken fallen. „Was denn?“, fragt sie.
Meinspatz ruckt mit dem Köpfchen vor und zurück. „Zum Beispiel Manitu. Das haben sie mal im Fernsehen gesagt: Manitu kann überall sein …“

Tippi hört ihrem Wellensittich aufmerksam zu, der nun alles erzählt, was er im Fernsehen über Manitu gesehen hat.

Dann übersetzt sie sein Piepsen: „Der Indianergott Manitu kann jede Gestalt annehmen. Er kann zum Beispiel ein Mensch werden, aber auch ein Gegenstand.“ Sie senkt die Stimme. „Bestimmt kann er sich auch in Luft auflösen. Es könnte also sein, dass Manitu im Glas ist.“
Kira schluckt. „Und was machen wir jetzt?“
Tippi runzelt die Stirn. „Wir nehmen das Glas mit und reden mit Manitu. Er soll aus dem Glas herauskommen und unseren Häuptling befreien.“
Kira macht große Augen. „Mit Manitu reden? Wie sollen wir das denn machen?“

Bärentanz und Erdbeermarmelade

Die Mädchen gehen ins Tipi und setzen sich im Schneidersitz auf den Boden. „Wir müssen Manitu überreden, unseren Häuptling freizulassen. Vielleicht schaffen wir das, indem wir den Bärentanz um das Glas herum aufführen“, sagt Tippi.
Das Eichhörnchen gibt glucksende Geräusche von sich.
„„Hör auf zu kichern, ‚Springt durch die Bäume‘“, sagt Tippi streng zu Nusstorte.

„Warum denn ACHTUNG! ACHTUNG! ausgerechnet den Bärentanz?“, fragt das Eichhörnchen. Es unterdrückt ein Lachen.

„Weil der Bär das Lieblingstier von Manitu ist“, erklärt Tippi.
„Und wie geht der Bärentanz?“, erkundigt sich Kira.
Tippi steht auf. „Wir müssen alle hintereinander im Kreis gehen und dabei tapsen wie die Bären.“ Tippi lässt die Schultern nach vorn fallen und geht mit stampfenden Schritten

im Kreis. „Bei jedem vierten Schritt müssen wir die Tatzen hochreißen und uns einmal um uns selbst drehen“, fährt sie fort.
Kira stellt sich hinter Tippi.
„Und dann müssen wir rufen: ‚Utinam, Utinam, Utinam‘.“ Sie macht es vor. „Und jetzt alle zusammen.“
Doktor Mücke summt verstimmt. „Warum sollte ich so einen Unsinn von mir geben?“
Tippi verdreht die Augen. „Das ist kein Unsinn Es ist Manitu rückwärts gesprochen.“

„Und was soll das?“, hakt Meinspatz nach.
„Das soll Manitu zurückverwandeln“, erklärt Tippi. „Sonst kann er unseren Häuptling doch nicht befreien.“
Meinspatz ruckt mit dem Köpfchen. „Wer ist eigentlich unser Häuptling?“
Tippi stöhnt. „Ihr seid blöd. Mit euch kann man gar nicht spielen!“

Nusstorte, Meinspatz und Doktor Mücke schauen sich betreten an. Dann stellen sie sich hintereinander auf und laufen mit möglichst schweren Schritten um das Glas in der Mitte herum.

Sie gehen so lange, bis Meinspatz ganz schwindelig wird.
„Wie lange denn noch?“, fragt der Wellensittich verzweifelt.
„Noch zwanzig Mal“, antwortet Tippi und reißt auch schon wieder die Arme hoch.
Nach der insgesamt dreißigsten Runde kippt Meinspatz um. „Ich kann nicht mehr“, stöhnt er.

„Ich auch nicht“, mault Nusstorte. „Außerdem wissen wir ACHTUNG! ACHTUNG! ja gar nicht, ob das was bringt. Ich glaube nicht, dass Manitu in dem Glas ist.“
Frau Doktor Mücke dreht über dem Deckel ein paar Kreise. „Wenn er drin ist, kann ich ihn vielleicht riechen. Dazu muss ich aber durch eins der Löcher in das Glas hineinfliegen.“ Die Mücke setzt sich auf Tippis Nase.
Meinspatz richtet sich wieder auf und beginnt aufgeregt zu piepsen: „Stimmt, das haben sie neulich im Fernsehen gesagt: Mücken können sehr gut riechen und wissen deshalb auch genau, wo sie Menschen und Tiere hinstechen müssen. Das funktioniert doch bestimmt auch bei Manitu.“

„Hab ich doch gerade gesagt. Also was ist, soll ich jetzt ins Glas fliegen oder nicht?“, summt Frau Doktor Mücke genervt.

Tippi zuckt mit den Schultern. „Traust du dich das denn?“ Sie dreht sich zu Kira um. „Doktor Mücke will ins Glas fliegen, weil sie Manitu vielleicht riechen kann.“
Kira verzieht das Gesicht. „Und wenn Manitu gefährlich ist?“

„Kein Angst. Mir passiert schon nichts", sagt Frau Doktor Mücke. „Ich bin selbst gefährlich."
Meinspatz piepst: „Ha ha, da lachen ja die Hühner!"

Die Mücke fährt ihren Stachel aus und fliegt bedrohlich nah an Meinspatz heran. Der Wellensittich duckt sich weg und Frau Doktor Mücke rast im Sturzflug auf eines der Löcher im Deckel zu.

Ohne die Ränder auch nur zu berühren, gleitet sie ins Innere des Gefäßes. Sie schwenkt den Rüssel und ihre Fühler durch die Luft.
„Ich rieche nur Marmelade", meldet sie nach draußen. Weil sie dabei nach oben schaut, merkt sie nicht, dass sie zu dicht an die Glaswand gerät. So streift sie mit einem ihrer zarten Flügel das Innere des Marmeladenglases und kippt zur Seite.

Mit einem kräftigen Flügelschlag versucht sie, die Kontrolle zurückzugewinnen. „Ich sollte besser von hier verschwinden“, summt sie.

Heftig flatternd entfernt sie sich
von der Glaswand Richtung Deckel.
Doch sie hat zu viel Schwung und
trudelt zur gegenüberliegenden Wand.

Wieder kippt sie zur Seite. Diesmal purzelt sie durch die Luft und weiß nach kurzer Zeit nicht mehr, wo oben und unten ist. Ohnmächtig fällt sie zu Boden.
„Oh, seht nur“, ruft Tippi. „Frau Doktor Mücke ist abgestürzt. Sie bewegt sich gar nicht mehr.“
Nusstorte schreit: „Mach das Glas auf, Tippi! Wir müssen ACHTUNG! ACHTUNG! die Mücke sofort rausholen.“
Tippi greift nach dem Behälter und schraubt den Deckel auf. „Doktor Mücke?“, ruft Tippi und schüttelt das Glas vorsichtig. „Frau Doktor Mücke, hörst du mich?“
Die Mücke winkt mit den Fühlern. „Ich kann mich nicht bewegen“, stöhnt sie leise.
„Was hast du denn, liebe Mücke? Hast du dir wehgetan?“, fragt Tippi besorgt.
Doch die Mücke summt nur leise. Sie versucht, einen Flügel zu heben, schafft es aber nicht.

„Sie kann sich nicht bewegen“, sagt Tippi. Vorsichtig greift sie mit ihrer Hand in das Glas.

Vielleicht kann sie Doktor Mücke ja auf ihren Finger heben. Aber das Glas ist zu eng: So sehr Tippi ihre Finger auch streckt, sie kann die Mücke nicht berühren.

Seufzend zieht sie ihre Hand wieder heraus und dreht das Glas vorsichtig um, damit Doktor Mücke herausfallen kann, doch sie klebt fest.
Tippi stellt das Glas wieder ab. „Was machen wir jetzt?“
Meinspatz hüpft auf den Rand des Gefäßes. „Ich kann es ja mal versuchen“, schlägt er vor.
„Oh ja, bitte, Meinspatz, tu das. Aber beeil dich!“, ruft Tippi.
„Okay“, singt der kleine Wellensittich, „ich hole die eingebildete Mücke da raus.“ Er senkt das Köpfchen und taucht tief ins Glas.
Als Frau Doktor Mücke den Schnabel von Meinspatz auf sich zukommen sieht, reißt sie panisch die Augen auf. „Tun Sie mir bitte nichts, ich werde auch nie mehr etwas gegen ihr Fernsehen sagen! Ich verspreche es.“
Meinspatz öffnet den Schnabel. „Halt still.“
Voller Verzweiflung versucht Frau Doktor Mücke, ihre

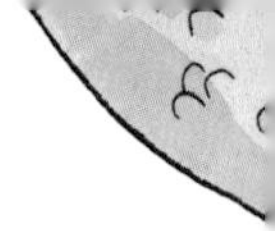

Flügel anzuheben, um dem Vogel zu entkommen. „Bitte fressen Sie mich nicht. Ich tue alles, was Sie wollen.“ Die Mücke zittert vor Anstrengung, aber sie kann sich keinen Millimeter bewegen.

Mit den Rändern ihrer Flügel und dem Rücken klebt sie am Boden fest und fühlt sich dem Wellensittich hilflos ausgeliefert.

Meinspatz taucht wieder auf.
„Wo ist die Mücke? Warum holst du sie nicht raus?“, fragt Tippi.
Meinspatz piept jetzt wie verrückt.
„Er will, dass wir es bezeugen“, erklärt Tippi Kira.
„Was denn bezeugen?“, fragt Kira aufgeregt nach.
„Frau Doktor Mücke hat Meinspatz versprochen, dass sie nie mehr etwas gegen das Fernsehen sagen wird“, erklärt Tippi. „Und dass sie alles tun wird, was Meinspatz will, wenn er sie nur rettet und nicht frisst.“
Kira nickt Meinspatz ernst zu. „In Ordnung. Wir sind deine Zeugen.“
Triumphierend taucht Meinspatz wieder ab. Mit der äußersten Spitze seines Schnabels fasst er die Mücke am Flügelrand und zieht sie behutsam in die Höhe. Doktor Mücke summt und sirrt. Sie spürt ein Reißen an ihrem

Rücken und an ihren Flügeln. Der Schnabel des Wellensittichs kommt ihr vor wie eine Pinzette, die sie in Stücke reißen will. „Aua, aua“, jammert sie.

Meinspatz ruckelt an dem Tierchen. Er zieht noch einmal beherzt – und schnellt mit der Mücke im Schnabel hoch. Behutsam legt er sie auf die Decke.

„Das war knapp“, stellt der Vogel fest. „Fast hätte ich ihr den Flügel ausgerissen.“
Frau Doktor Mücke reibt sich mit den Fühlern über die schmerzenden Stellen. „Aber wenigstens wissen wir jetzt, dass das ein normales Marmeladenglas ist.“
Tippi hält ihre Nase ins Glas. „Stimmt“, sagt sie und dreht das Glas um. „Und jetzt sehe ich es auch. Da ist ein winzig kleiner Klecks am Boden.“ Sorgsam dreht sie den Deckel wieder zu. Dann stellt sie das Glas vor das Tipi.
„Winzig kleiner Klecks“, wiederholt Frau Doktor Mücke ärgerlich. „Mein ganzer Rücken ist voll mit dem klebrigen Zeug.“
Das Eichhörnchen hüpft ganz nah an die Mücke heran und schnuppert. „Hm, du riechst wie eine Erdbeere.“

Zeltwandgeschichten

Tippi und Kira säubern die zarte Mücke vorsichtig. Dazu befüllen sie den Deckel der Wasserflasche mit frischem Mineralwasser, halten die Mücke vorsichtig an ihren Beinen fest und tauchen sie mit dem Rücken langsam hinein.

„Hi, hi, das kitzelt aber“, lacht Frau Doktor Mücke. „Das kommt vom Sprudel“, erklärt Meinspatz, der zuschaut. „Die Bläschen zerplatzen, wenn sie dich berühren. Das habe ich mal im Fernsehen gesehen.“

„Ach, Sie mit Ihrem …“, setzt die Mücke an und will schon wieder gegen die Fernsehverrücktheit des Wellensittichs wettern. Doch dann besinnt sie sich auf ihr Versprechen und bricht mitten im Satz ab.
„Ich mit meinem WAS?“, fragt der Wellensittich drohend. „Was wolltest du gerade sagen?“
„Äh“, macht Frau Doktor Mücke. „Sie mit Ihrem … mit Ihrem … Ihrem großen Wissen, lieber Herr Meinspatz. Das meinte ich.“ Erleichtert über ihren guten Einfall taucht die Mücke ihre Flügel ein wenig tiefer ins Wasser.
„Ich glaube, die Marmelade ist jetzt abgewaschen“, meint Tippi.
Nusstorte hebt die Mücke aus dem Wasser und stellt sie zurück auf den Boden.
„Brr…“, macht Frau Doktor Mücke und schüttelt sich. „Jetzt ist mir kalt.“

Tippi holt ihre Stirnleuchte aus dem Rucksack, setzt sie auf und knipst sie an.

„Wenn du willst, kannst du dich ein wenig im Lichtschein sonnen. Davon wird dir warm und du bist bestimmt bald wieder trocken.“
Das lässt sich die Mücke nicht zweimal sagen. Sie krabbelt in den Lichtkegel, senkt die Fühler und breitet die Flügel aus. „Ah, das tut gut.“

Das Eichhörnchen gähnt. Dann rollt es sich neben der Mücke gemütlich zusammen und legt seinen buschigen Schwanz über die Augen.

„Liegen“, seufzt es. „Das tut wirklich gut.“
„Noch besser wäre: Schlafen!“, stellt Meinspatz fest „Wir haben einen langen und aufregenden Tag hinter uns.“
Der kleine gelbe Vogel fliegt in sein Haarnest auf Tippis Kopf, klappt dort die Flügel ein und schließt wie die anderen Tiere die Augen.
„Wollen wir auch schlafen?“, fragt Tippi ihre Freundin.
Kira nickt und gähnt. „Hier drin ist es schön dunkel.“

Tippi hält ihren Haarknoten fest, während sie sich hinlegt, damit Meinspatz nicht aus dem Nest fällt.

In der Dämmerung scheint die Stirnleuchte gegen die Zeltwand und taucht die Bilder darauf in ein geheimnisvolles Licht.

Frau Doktor Mücke merkt gar nicht, dass der Strahl der Taschenlampe weitergewandert ist. Sie ist schon eingeschlafen.
„Schau mal", flüstert Kira, „der Büffel. Wenn du den Kopf nur ein wenig drehst, sieht es aus, als würde er sich bewegen."
Tippi wendet den Kopf in Zeitlupentempo von links nach

rechts. Der Lichtkegel der Taschenlampe tanzt mit.
„Stimmt!“, wispert sie. „Er trampelt über die Prärie. Und das Feuer scheint zu flackern.“
Kira seufzt. „Wenn wir nicht im Wald wären, sondern in der offenen Prärie“, raunt sie, „könnten wir Rauchzeichen machen und den anderen von dem Glas und Manitu erzählen.“
„Welchen anderen?“, fragt Tippi gähnend.
„Den anderen Indianern von unserem Stamm“, erklärt Kira. „Der Häuptling ist doch nicht allein auf Kriegspfad.“
„Hm“, macht Tippi.
„Sie könnten auch Rauchzeichen machen oder trommeln und dann wüssten wir, wo sie sind.“ Kira dreht sich auf die Seite und wartet auf Tippis Antwort, aber es kommt keine. „Ich würde auf mein Pferd springen und zu ihnen reiten“, fährt Kira fort.

Sie lauscht, ob Tippi dazu etwas einfällt. Aber wieder bleibt alles still. Nur das Rufen der Eulen und das Rauschen der Blätter in den Bäumen ist zu hören. Kira zieht die Decke bis ans Kinn. Vor dem Zelt knackt es.

„Tippi?“, wiederholt Kira ängstlich. Aber Tippi atmet schon tief und gleichmäßig. Kira stützt sich auf einen Ellbogen und schaut ihrer neuen Freundin ins Gesicht. Tippis Augen sind zugefallen. Sie schläft. Genauso wie der kleine Vogel in ihrem Haarnest.
Das Eichhörnchen an Tippis Fußende blickt Kira aufmerksam an. „Du brauchst keine Angst zu haben“, sagt es und hüpft an der schlafenden Tippi vorbei. Nusstorte kuschelt sich an Kiras Schulter. „In unserem Wald bist du sicher“, sagt er und schließt die Augen. „Schlaf jetzt.“

Als hätte Kira das Eichhörnchen verstanden, sinkt sie zurück auf ihre Decke und gähnt. Sie legt eine Hand auf das weiche Fell von Nusstorte, dann schließt sie die Augen.

Sie spürt den warmen kleinen Körper neben sich und einen leichten Lufthauch über ihr Gesicht streichen. Wahrscheinlich winken die Schmetterlinge auf der Zeltwand mit den Flügeln und fächeln ihr Luft zu. Kira seufzt selig. „Gut, dass du da bist“, sagt sie leise zu Nusstorte. Dann schläft sie ein.

Die Raupenräuberin

Im Morgengrauen wird Kira plötzlich wach. War da nicht eben ein Geräusch gewesen? Sie reibt sich die Augen und setzt sich auf.
Da! Schon wieder.

Kira blinzelt zur Zeltöffnung hinauf. Weiße Wolken ziehen über den Himmel. Hinter dem Zelt knackt es. Kira fährt herum. War das ein Tier? Ihr Herz rast.

„Tippi!", ruft sie mit erstickter Stimme und versucht, ihre Freundin wachzurütteln. „Tippi!"
Tippi stöhnt und dreht sich auf die andere Seite. Ihre Stirnleuchte hat sie immer noch an. Aber Meinspatz ist nicht da! Kira schluckt. Vielleicht hat Manitu den kleinen Vogel geholt!

Kiras Kopf wirbelt herum. Sie kann auch die Mücke nirgendwo entdecken. Und wo ist Nusstorte? Kira durchsucht ihr Schlaflager. Das Eichhörnchen ist auch weg!

„Tippi!“, ruft Kira und stürzt sich auf das schlafende Mädchen.
Tippi fährt erschrocken hoch. „Was ist denn los? Was ist passiert?“
„Die Tiere sind weg“, sagt Kira.
Tippi atmet auf. „Wie spät ist es denn?“
„Keine Ahnung“, antwortet Kira ungeduldig. „Da war ein Geräusch. Und alle Tiere sind verschwunden.“
Tippi gähnt und lässt sich zurück auf ihr Kopfkissen fallen. „Das ist normal“, beruhigt sie Kira. „Bestimmt sind die Tiere schon auf Futtersuche!“ Das Mädchen gähnt herzhaft. „Lass uns weiterschlafen.“
Aber Kira kann nicht weiterschlafen. Dazu ist sie viel zu aufgeregt. „Und die Geräusche?“, fragt sie. „Es hat geknackt und gerauscht und geraschelt.“
„Das war der Wind“, sagt Tippi müde.
Kira möchte jetzt am liebsten nach Hause. Aber allein traut sie sich nicht. Vorsichtig schiebt sie den Ledervorhang vorm Eingang zur Seite und lugt hinaus.

Einen Moment lang starrt sie begriffsstutzig auf die Fußspuren vor dem Zelt und den kreisrunden Abdruck im Boden daneben. Dann begreift sie: Das Marmeladenglas ist weg und die Fußspuren sind dieselben wie die, die sie gestern im Wald gesehen haben.
Kira greift nach Tippis Arm und umklammert ihn ängstlich.
„Jemand hat das Glas geklaut“, stammelt sie mit zitternder Stimme.

Endlich rafft Tippi sich auf, krabbelt neben Kira und schaut aus dem Zelt. Dann beginnt sie, hektisch nach ihren Kleidern zu suchen und sie anzuziehen. „Wir müssen den Spuren folgen“, sagt sie.

Kira schüttelt den Kopf. „Ich möchte lieber nach Hause zu meiner Oma.“
„Aber vielleicht sind Meinspatz, Nusstorte und Doktor Mücke in Gefahr“, entgegnet Tippi. „Das hast du doch selbst gesagt.“
„Trotzdem“, meint Kira schwach. „Ich habe Angst.“
Tippi knöpft sich den Rock zu. „Findest du denn allein den Weg zu deiner Oma?“

Kira zuckt mit den Schultern. „Weiß nicht."
Tippi hat Mitleid mit Kira. Sie sieht ganz elend und blass aus. „Na gut. Dann bringe ich dich erst nach Hause", sagt sie tröstend. „Aber wir müssen uns beeilen, ja?" Tippi schlüpft hinaus. Während sie ungeduldig darauf wartet, dass Kira angezogen aus dem Zelt herauskommt, folgt sie den Spuren mit ihren Augen. Sie führen ein Stück am Waldrand entlang, dann quer über die Lichtung und in den Wald hinein.

Tippi kneift die Augen zusammen. Wo sind bloß ihre Tiere geblieben? Hoffentlich sind sie wirklich auf Futtersuche!

Tippi erschrickt.
Hat sich da nicht gerade etwas bewegt? Sind es nur die rauschenden Blätter und zitternden Äste der Weide, oder ist da jemand im …
Tippi duckt sich hinter das Zelt.
Jetzt kann sie es ganz deutlich erkennen: Dort, wo die Spu-

ren in den Wald hineinführen, blitzt es hinter den Weiden gelb und rot auf.
Als Kira aus dem Zelt tritt, packt Tippi ihre Hand und zieht sie schnell zu sich.
„Aber ...", macht Kira.
„Psst." Tippi legt einen Finger auf den Mund und zeigt mit dem Kinn auf die gegenüberliegende Seite der Lichtung. „Da ist jemand im Wald."

Mit angehaltenem Atem beobachten die Mädchen, wie jemand die Zweige auseinanderbiegt und aus dem Wald tritt. Es ist eine junge Frau.

Sie trägt eine kurze gelbe Hose, ein rotes T-Shirt, rosa Gummistiefel und eine bunte Kappe, die sie sich aus der Stirn geschoben hat. An ihrem Arm baumelt ein Korb.
Die Frau schaut sich kurz nach allen Seiten um, dann setzt sie sich auf einen abgesägten Baumstamm. Sie greift in ihren Korb und wirft mehrere Handvoll von irgendetwas auf den Boden. Ist das Brot? Oder Käse?
„Was macht die denn da?", fragt Kira.
Tippi zuckt mit den Schultern. „Keine Ahnung. Sie sieht jedenfalls ganz harmlos aus."
Kira nickt. „Stimmt. Jetzt steht sie wieder auf."

Tippi macht große Augen. „Schau mal, sie hat unser Glas in der Hand.“
Die Frau schraubt im Gehen den Deckel auf und steckt ihn in die Hosentasche. Dann betrachtet sie konzentriert verschiedene Blätter von einer der umstehenden Weiden, dreht und wendet sie, reißt eines behutsam ab und legt es sehr vorsichtig in das Glas, bevor sie es wieder verschließt und in den Korb stellt, um ein neues Marmeladenglas herauszuholen. Diesen Vorgang wiederholt sie viele Male.
„Wie viele Gläser hat die denn noch in ihrem Korb?“, staunt Kira.
„Wenn sie unser Glas hat, dann sind bestimmt auch die Fußspuren am Boden von ihr“, vermutet Kira. „Das Muster der Abdrücke würde zu den Gummistiefeln passen.“
„Allerdings“, findet Tippi und spitzt die Ohren.
„Hilfe! Hilfe! Hilfe!“, tönt es hinter ihr. Tippi dreht sich um, aber sie kann niemanden sehen.
„Hier bin ich“, sagt da eine leise Stimme, jetzt von weiter unten.

Tippi entdeckt einen wunderschönen lilafarbenen Schmetterling. Er sitzt auf der Zeltwand, gleich neben einem der gemalten Schmetterlinge.

Auf seinen Flügeln trägt er jeweils vier kleine weiße Punkte und einen größeren braunen, der aussieht wie ein Auge.
„Guten Tag“, begrüßt Tippi den Schmetterling erfreut. Sie beugt sich zu ihm hinab. „Wer bist du denn?“

„Ich bin Walter Schiller, der Schillerfalter“, beeilt sich der Schmetterling zu sagen. Seine Stimme zittert. „Ihr müsst mir helfen!“

„Oh, ist der schön!“, ruft Kira, die den Schmetterling jetzt auch bemerkt hat.
„Was ist denn passiert?“, will Tippi wissen.
„Diese Person dort drüben jagt mich und meine ungeborenen Brüder und Schwestern“, berichtet der Schmet-

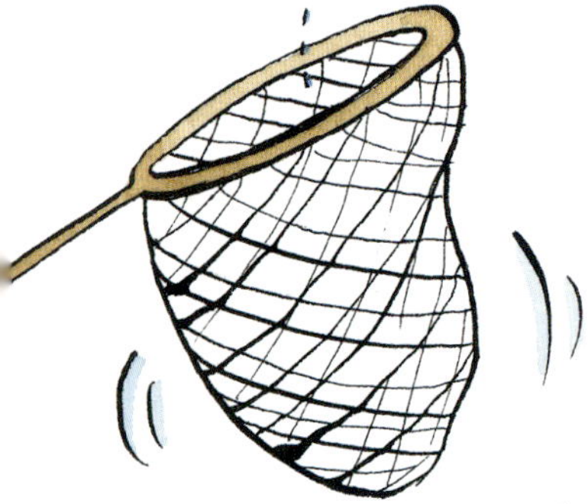

terling. „Sie sammelt die verpuppten Raupen von den Blättern und hat im ganzen Wald Käsewürfel verteilt, damit ich mich draufsetze und sie mich fangen kann."

„Käsewürfel?", sagt Tippi.

„Ja, Käsewürfel", antwortet der Schmetterling. „Wir Schillerfalter sind fast die Einzigen unserer Art, die Stinkekäse mögen. Wir werden magisch von ihm angezogen."

Tippi wendet sich an Kira. „Wusstest du, dass Schillerfalter Stinkekäse essen?"

Kira schüttelt den Kopf.

„Stimmt aber trotzdem", beharrt der Falter. „Ihr könnt euch nicht vorstellen, wie anstrengend es für mich ist, mich nicht auf einen der Käsewürfel zu setzen."

Der Schmetterling schluckt das Wasser hinunter, das ihm im Mund zusammenläuft, wenn er nur an Käsewürfel denkt.

„Bitte, ihr müsst mir helfen und meine Geschwister aus den Gläsern befreien!"

In dem Moment springt Nusstorte aus dem Wald direkt aufs Tipi. Er schreit: „Das ist ja ACHTUNG! ACHTUNG! total ekelhaft! Im ganzen Wald stinkt es nach Käse."

Frau Doktor Mücke sinkt summend zu Boden. „Und sogar die Frau da drüben stinkt nach Käse. Ich kann sie unmöglich stechen. Das ist widerlich!" Die Mücke umschwirrt Kiras nackte Beine.
Tippi lacht. „Wage es ja nicht, Kira zu stechen!"
Meinspatz lässt sich laut flatternd in seinem Haarnest auf Tippis Kopf nieder. „Dass der Wald neuerdings nach Käse stinkt", zwitschert er empört, „davon haben sie im Fernsehen gar nichts gesagt."
„Stimmt aber trotzdem", schaltet sich der Schmetterling ein. „Aber nur, weil die Raupenräuberin da drüben ihn überall verteilt."
Tippi stellt sich auf die Zehenspitzen und schaut hinüber auf die andere Seite der Lichtung. Die Frau sitzt wieder auf dem Baumstamm.

Jetzt hält sie einen Kescher über den Boden. Sie wartet darauf, dass ein Schmetterling auf dem Käsewürfel vor ihr landet.

Entschlossen schiebt Tippi den Ledervorhang vom Zelteingang zur Seite und sagt zu Walter Schiller: „Komm rein, wir überlegen, wie wir dir helfen können."

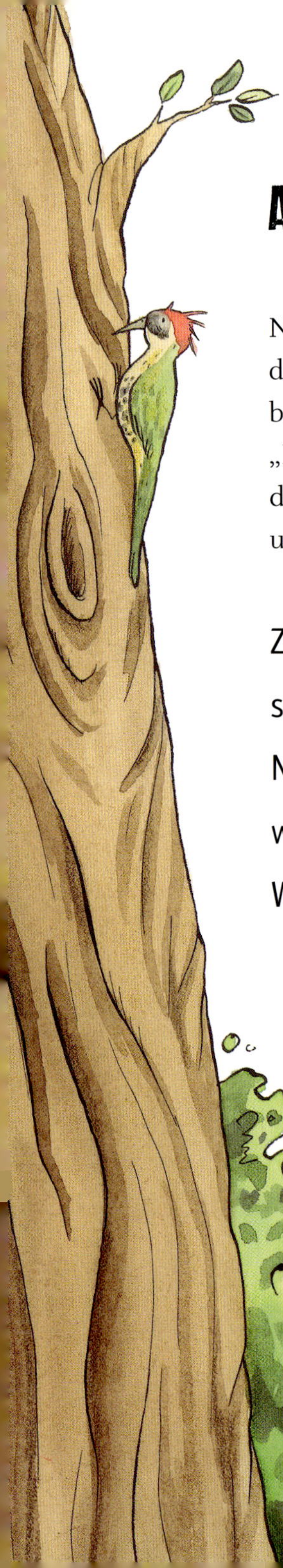

Attacke

Nachdem Tippi Kira übersetzt hat, was die Tiere ihr von der Raupenräuberin und dem Käse im Wald erzählt haben, schmieden sie einen Plan.
„Bitte beeilt euch", sagt Walter Schiller. Er sitzt neben dem schmalen Spalt zwischen Vorhang und Zeltwand und lugt hinaus.

Zu seiner Beruhigung haben die Mädchen schon bald eine hervorragende Idee: Nusstorte und Meinspatz sollen so viel Käse wie möglich einsammeln und auf den Waldweg Richtung Baumhaushotel legen.

„Sammelt vor allem den Käse ein, der direkt vor der Frau liegt", erklärt Tippi. „Aber lasst euch nicht mit dem Kescher einfangen!"
Nusstorte und Meinspatz nicken.
Tippi und Kira wollen den Korb mit den Gläsern klauen, damit wegrennen und ihn zusammen mit dem Käse, der auf dem

Waldweg liegt, ins Baumhaushotel bringen. Dort sind die Schmetterlinge in Sicherheit.
„Am besten bringen wir alles in den Baumtraum“, schlägt Tippi vor. „Der steht gerade leer.“
„Aber wie wollt ihr das nur schaffen?“, fragt Walter Schiller. „Die Frau wird den Korb vielleicht festhalten oder euch nachrennen.“
Kira klatscht in die Hände. „Ich habe eine Idee. Frau Doktor Mücke soll die Raupenräuberin überall hinstechen, um sie abzulenken. Dann verschwindet sie bestimmt ganz aus dem Wald und lässt die armen Schmetterlinge in Ruhe.“
„Super Idee!“, ruft Meinspatz.

Doch Frau Doktor Mücke widerspricht:

„Oh, bitte nicht. Diese Frau stinkt zu sehr.“

„Aber das musst du tun“, sagt Tippi eindringlich. „Sonst können wir“, sie zeigt auf sich und Kira, „der Frau ja nicht den Korb mit den Gläsern wegnehmen.“
Doktor Mücke fängt an zu jammern. „Aber das ist ekelhaft!“
Meinspatz hüpft vom Nest auf Tippis Schulter und von dort neben die Mücke am Boden. „Darf ich dich daran erinnern, dass du in meiner Schuld stehst und dass du mir

hoch und heilig versprochen hast, alles zu tun, was ich von dir verlange."

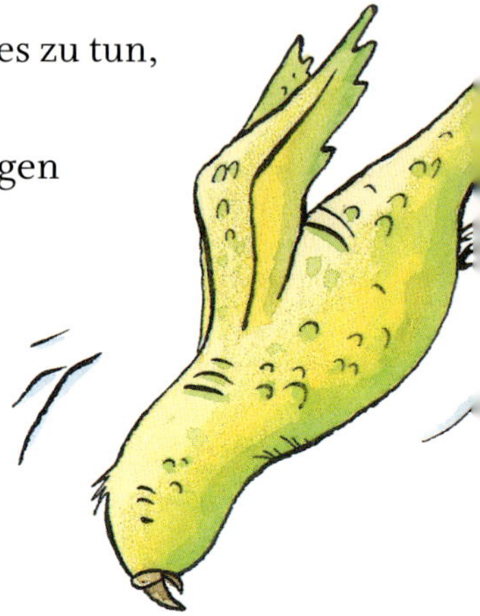

Die Mücke schaut ihn streng an. „Sagen Sie nicht du zu mir!"

Tippi grinst. „Stimmt! Sie müssen tun, was Meinspatz verlangt. Das können wir bezeugen!"

Nusstorte rümpft sein Näschen. „Außerdem finde ich den Gestank auch ganz schön schlimm und sammle die Würfel trotzdem ein."

Doktor Mücke reibt widerwillig ihre Fühler aneinander. „Sie wissen ja gar nicht, was Sie da von mir verlangen. Diesen Geruch werde ich tagelang nicht aus dem Rüssel kriegen!"

„Versprochen ist versprochen", sagt Tippi und erhebt sich.

„Beeilt euch", ruft Walter Schiller. „Ich glaube, sie will gehen!"

Tippi schiebt den Vorhang zur Seite.

„Also dann!", schmatzt Nusstorte. „Attacke!" Das Eichhörnchen springt an Walter vorbei und jagt ohne De-

ckung quer über die Lichtung auf die Frau zu. Er schnappt sich einen der gelben Käsewürfel und schießt in den Wald.
Tippi kichert. „Hast du das gesehen, Kira?“
Die Frau richtet sich auf und stemmt empört die Hände in die Seiten. Dabei schaut sie dem Eichhörnchen verblüfft hinterher. In diesem Moment rast Meinspatz im Tiefflug auf sie zu, pickt nach dem Käsewürfel, der genau vor ihren Füßen liegt, und verschwindet mit ihm im Schnabel im Dickicht der Bäume.

Sekunden später schießt er wieder hervor und schnappt sich den nächsten Käsewürfel. So geht es in rasendem Wechsel. Die Frau beobachtet das Schaupiel mit offenem Mund.

„Los jetzt“, fordert Tippi die Mücke auf. „Stich sie in die Lippe!“
Frau Doktor Mücke erhebt sich schwerfällig.
Die Mädchen und Walter lassen die Frau nicht aus den Augen. Vor lauter Spannung haben sie ihre Deckung allmählich aufgegeben und stehen mehr neben als hinter dem Zelt. Plötzlich schaut die Raupenräuberin zum Tipi hinüber.
Die Mädchen springen zurück hinters Zelt. Aber es ist

zu spät. Doch die Frau hat sie entdeckt und ruft laut: „Huhu!"
Kira bückt sich tiefer hinters Tipi. „Und jetzt?", fragt sie ängstlich.
„Keine Ahnung", flüstert Tippi.

„Hallo, ihr Indianer!", ruft die Frau. Ihre Stimme kommt näher. „Ihr seid wohl vom Stamm der Angsthasen, was?"

Tippi flüstert: „Wir laufen an ihr vorbei, du links, ich rechts. Dann schnappen wir uns den Korb und laufen zum Hotel." Sie schaut hoch zu Walter. „Wir treffen uns im Baumtraum. Folge einfach dem Käsegeruch. Bis gleich!"
Kira schluckt und nickt.
„Eins, zwei, drei", zählt Tippi. Bei drei schießen die Mädchen hinter dem Zelt hervor und zischen an der Frau vorbei. Als sie an Frau Doktor Mücke vorbeirennen, schnappt Tippi sie mit der Hand aus der Luft und schließt die Faust locker um sie.

Mit der anderen packt sie den Korb am Griff und reißt ihn hoch. Kira klaubt die noch liegen gebliebenen Käsewürfel vom Boden auf und zusammen flitzen sie in den Wald.

Treffpunkt Baumtraum

Schwer atmend schließt Tippi die Tür hinter sich und stellt den Korb mitten auf den Tisch. Sie lässt sich erschöpft neben Kira auf die Eckbank fallen. „Geschafft!“, ruft sie.

„Macht die Fenster zu“, bittet Walter Schiller, der Schillerfalter. Er sitzt auf einem Glas, in dem sich die Raupen bereits verpuppt haben.

„Muss das sein?“, fragt Meinspatz. „Hier stinkt's.“
„Es muss“, sagt Walter. „Meine Geschwister sind bald soweit. Und sie sollen ja wohl nicht sofort hinausflattern und der Schmetterlingsfängerin in die Falle gehen.“
Meinspatz, Doktor Mücke und Nusstorte bleiben auf dem Sims des nun geschlossenen Fensters sitzen.
Tippi dreht einen durchlöcherten Deckel nach dem anderen auf. Kira zieht die Weidenblätter vorsichtig auf den

Tisch. Still und ehrfürchtig betrachten die Mädchen die verpuppten Raupen.
„Hört ihr das?“, fragt Walter Schiller plötzlich.
Tippi hält ihr Ohr ganz nah an die Insekten und lauscht.
„Ich höre nichts“, sagt sie leise.
Kira konzentriert sich. „Doch“, stellt sie fest. „Es knarzt und knackt. Aber das kommt von …“ Sie dreht sich um.
Da geht die Tür auf und die Raupenräuberin steht vor ihnen.

Tippi und Kira springen auf. Die Tiere bringen sich auf dem Schrank in Sicherheit.

„Also hier seid ihr, ihr Angsthasen!“, schimpft die Frau, während ihre hellgrünen Augen die Mädchen freundlich anlächeln. „Ihr seid mir ja schöne Indianer! Die reinste Diebesbande!“

Kira versteckt sich hinter ihrer Freundin.
„Wir sind keine Diebe und keine Angsthasen", schmettert Tippi der Frau entgegen, wobei sie sich die Nase zuhält.

Der Käsegestank ist jetzt fast unerträglich. Obwohl die Tür aufsteht! Hoffentlich hat die Frau nicht noch mehr von den Käsewürfeln dabei, denkt Kira und muss würgen.

„Oh, entschuldigt bitte", sagt die Frau. Sie hebt einen Arm, um an ihm zu riechen. „Das bin ich. Ich habe mich mit Käse eingerieben, um die Schmetterlinge anzulocken."
Jetzt baut Tippi sich vor der Unbekannten auf und fragt: „Warum willst du denn die Schmetterlinge anlocken? Und wer bist du überhaupt? Warum schleichst du vor unserem Zelt herum und beklaust uns?" Dabei zeigt sie auf eins der Gläser auf dem Tisch.
Die Frau zieht verwundert die Augenbrauen hoch. „Erstens: Ich heiße Viola, und zweitens: Ich habe das Glas nicht geklaut. Es gehört mir. Ich habe es im Wald verloren und bei euch vorm Zelt wiedergefunden." Viola kratzt sich am Hals.
Tippi grinst. Sie sieht, wie Frau Doktor Mücke über die

Schulter von Viola tapst. Dann hat sie ihr Versprechen also doch noch gehalten und die Stinkefrau gestochen.

Kira funkelt nun auch Viola aus kleinen Augen an. „Trotzdem bist du gemein. Du sperrst die armen Raupen in ein Glas und willst Schmetterlinge fangen!", sagt sie.

„Äh …", macht Viola. „Aber das ist doch nur, weil …"
„Weißt du denn nicht, dass aus Raupen wundervolle Schmetterlinge werden?!", unterbricht Tippi sie.
Viola nickt. „Natürlich weiß ich das. Deshalb sammle ich sie ja. Ich bringe sie in mein Labor, vermesse und fotografiere sie, bis sie schlüpfen. Diese Schmetterlingsart ist nämlich sehr selten und vom Aussterben bedroht."
Kira hält sich weiterhin die Nase zu. „Bist du eine Forscherin?", will sie wissen.

Viola lächelt. „Ja, eine Schmetterlingsforscherin. Darf ich mich setzen?“, fragt sie und zeigt zum Tisch.

Die Mädchen wechseln einen kurzen Blick. Viola schließt die Tür hinter sich und zieht eine Packung Feuchttücher aus ihrer Hosentasche. Sie nimmt eins heraus und beginnt, sich damit Arme, Gesicht und Hals abzureiben.

„Wenn alle Menschen so gut auf Schmetterlinge aufpassen würden wie ihr“, sagt sie währenddessen, „müsste ich sie gar nicht untersuchen. Aber viele Menschen wissen nicht, dass Schillerfalter ihre Eier zum Beispiel nur auf Weidenblättern ablegen. Sie denken, die Raupen wären Schädlinge und vernichten sie deshalb. Förster fällen sogar manchmal die Bäume und zerstören das ganze Gelege eines Jahres.“
Nusstorte und Meinspatz kommen neugierig näher. „Das wusste ich nicht“, sagt der kleine Wellensittich. „Darüber haben sie im Fernsehen noch nie berichtet.“
Viola schüttelt amüsiert den Kopf. „Ach, da sind ja auch die Käsediebe!“ Dann seufzt sie: „Also.“ Sie schaut Tippi und Kira an. „Darf ich jetzt mit den Raupenpuppen in

mein Labor fahren? Ich vermesse sie und bringe sie zum Schlüpfen wieder zurück." Sie legt den Kopf schief. „Bitte! Ich will einen Artikel über die Schmetterlinge schreiben, damit in Zukunft alle besser auf sie aufpassen und ihre Art nicht ausstirbt."

Walter gaukelt über den Raupen durch die Luft. „Sie wird das nicht schaffen", sagt er. „Die Schmetterlinge schlüpfen jeden Augenblick."

„Hast du das gehört?", fragt Tippi.
Viola schaut Tippi verständnislos an. „Was?"
„Walter sagt, dass du das gar nicht schaffen kannst", übersetzt Tippi aufgeregt. „Weil die Raupen nämlich gleich schlüpfen."
Viola betrachtet die Insekten auf dem Tisch aufmerksam. „Wer ist Walter?", fragt sie dabei. Sie zieht eine Lupe aus der Hosentasche und betrachtet die Raupen lange und aufmerksam von allen Seiten. „Das glaube ich nicht", meint sie dann. „Sie bewegen sich noch kein bisschen und schlüpfen sicher erst in ein paar Tagen."
„Das hat Walter aber gesagt", beharrt Tippi auf ihrer Meinung und zeigt auf den Schillerfalter. „Und er muss es ja schließlich wissen."

Walters Fühler beginnen zu zittern und Nusstorte, Doktor Mücke und Meinspatz schmatzen, summen und zwitschern wild durcheinander.

Kira wartet gespannt darauf, dass Tippi alles übersetzt. Und auch Viola scheint nun zu bemerken, dass das Mädchen den Tieren aufmerksam zuhört, als könne es sie verstehen. Irritiert schaut sie von einem zum anderen: „Kannst du etwa mit den Tieren sprechen?"
„Allerdings!", meint Tippi.

Walter bekommt Geschwister

Viola lacht. „Und was sagen die Tiere zu meinem Plan?"
Tippi räuspert sich. „Sie wollen, dass du die Raupen jetzt an Ort und Stelle untersuchst. Dann können die Schmetterlinge nach dem Schlüpfen gleich in den Wald fliegen."

Viola schaut sich um. Das Baumhaus Baumtraum ist nicht groß. Wie in allen Baumhäusern des Baumhaushotels wächst ein Baum mitten durch den Raum.

Auf einer Seite steht ein Hochbett, darunter ein kleiner Schreibtisch. In der Mitte, um den Baumstamm herum, ist ein Tisch gezimmert und auf der anderen Seite eine kleine Küchenzeile. Darüber ist ein kleines Fenster, vor dem die Blätter einer Esche rauschen. „Könnte ich denn – für den Fall, dass sie heute doch noch nicht schlüpfen – hier schlafen?"
Tippi zuckt mit den Schultern. „Klar, das ist ja ein Baumhaushotel."
Viola überlegt, dann schüttelt sie bedauernd den Kopf. „Ach nein, das geht ja gar nicht."
„Und warum nicht?", fragt Tippi.

Viola zeigt auf Meinspatz und Nusstorte. „Deine Tiere würden die Schmetterlinge sofort fressen.“
„So ein Quatsch!“, schaltet sich Kira ein.
Walter Schiller tanzt vor Tippis Gesicht hin und her. „Lass sie bloß nicht gehen. Meine Geschwister würden das nicht überleben.“

Tippi formt mit den Händen eine Schale und bittet Walter, sich für einen Moment hineinzusetzen. Viola und Kira staunen nicht schlecht, als der lila Schmetterling tatsächlich in Tippis Hände fliegt.

Das Mädchen hebt die Hände ganz dicht vor ihr Gesicht und flüstert: „Wir lassen Viola mit deinen Geschwistern nicht gehen. Du kannst dich auf mich verlassen, Walter.“
Viola seufzt, steht auf und beugt sich über ihren Korb. „Na dann“, sagt sie. „Ich habe wohl keine andere Wahl.“
„ACHTUNG! ACHTUNG! Stimmt genau!“, freut sich Nusstorte.

„Gehört das Baumhaushotel eigentlich deinen Eltern?“, fragt Viola, während sie eine Rolle Haushaltstücher, eine Pinzette und einen Fotoapparat aus dem Korb holt.
„Ja“, sagt Tippi stolz. „Wir haben sieben Baumhäuser und ich wohne im Baumhaus Vogelnest.“

Viola antwortet: „Super! In einem Baumhaus würde ich auch gern wohnen.“ Dann fragt sie: „Wollt ihr mir helfen?“

Die beiden Mädchen nicken.
„Wir legen jedes Blatt, auf dem eine verpuppte Raupe sitzt, auf den Fußboden, ganz dicht an die Wand“, erklärt die Forscherin. „Und dann stellen wir zwischen jedes Blatt und die Wand ein Stück Papier von der Haushaltsrolle.“ Viola zeigt ihnen, wie sie sich das vorstellt. „So können die geschlüpften Schmetterlinge an dem Papier hinaufklettern und sich erst einmal ausruhen“, sagt Viola. „Das Schlüpfen ist nämlich ganz schön anstrengend für sie.“
„Außerdem müssen meine Geschwister ja die Flügel noch ausbreiten und dazu müssen sie hängen“, erklärt Walter. „Sie dürfen nicht am Boden liegen.“
„Aha“, sagt Tippi. „Warum bist du denn so früh geschlüpft, Walter?“

„Vielleicht waren Parasiten in seiner Puppe“, vermutet Viola. „Dann schlüpfen die Schmetterlinge schneller, um sie loszuwerden.“
Tippi schüttelt den Kopf. „Nein, Walter sagt, er hat den Stinkekäse gerochen, den du überall verteilt hast.“ Sie steht auf, holt ein Stück Käse vom Fensterbrett und legt es direkt neben eine Schmetterlingspuppe. Viola nimmt ihre Lupe und hält sie über das Insekt. „Das gibt's ja gar nicht“, raunt sie. Dann drückt sie Kira die Lupe in die Hand und schaut stattdessen durch die Linse ihres Fotoapparates auf das grüne Blatt. Sie dreht am Objektiv herum und drückt auf den Auslöser. „Wahnsinn“, sagt sie. „Walter hat recht.“

Und jetzt sehen es auch Tippi, Kira, Nusstorte, Meinspatz und Doktor Mücke. Die Puppen platzen nacheinander alle auf und zum Vorschein kommen zarte lilafarbene Flügel, die ganz eng an den schmalen Körpern der Schmetterlinge kleben.

„Schillerfalter sind mit die schönsten Falter, die wir in Deutschland haben“, sagt Viola leise und andächtig. Und drückt weiter in rasendem Tempo auf den Auslöser ihrer

Kamera. Dabei wandert sie auf Knien rutschend an der Wand entlang, an der die frisch geschlüpften Schillerfalter am Haushaltspapier hinaufgeklettert sind.
„Was ist denn hier los?“, fragt plötzlich eine Stimme hinter ihnen.
Tippi, Kira und Viola tauchen vom Boden auf. „Mama, Papa!“, ruft Tippi.
„Wir dachten, ihr seid noch im Tipi und spielt Indianer“, beschwert sich Tina Tamtam. „Wir haben euch schon gesucht!“
Kira kichert. „Jetzt sind wir Schmetterlingsforscher! Echte Schmetterlingsforscher.“

In diesem Moment breitet der erste Schmetterling seine Flügel aus und erhebt sich. Erst fliegt er unsicher nur ein kleines Stück hoch, dann wieder runter, bevor er sich erneut erhebt und allmählich mutiger wird.

„Ja“, freut sich Walter. „Los, fliegt.“ Im Vorbeiflug streift er mit den Rändern seiner Flügel seine Brüder und Schwestern und es dauert nicht lange, bis alle jungen Schillerfalter durchs Baumhaus Baumtraum flattern. Die Sonne, die hinter Tippis Eltern durch die Tür ins Baum-

haus fällt, zaubert einen schillernden Glitzer auf die lila und weißen Flügel.
„Oh, ist das schön!“, staunt Tina Tamtam. Sie tritt ein, setzt sich auf den Boden und betrachtet fasziniert den Schmetterlingsflug.

Walter landet auf dem Baum in der Mitte des Raumes. Tippi hört, wie er seine Geschwister zu sich ruft. Die zehn Falter setzen sich zu ihrem Bruder. In der Baumrinde finden sie guten Halt.

„Vielen Dank für eure Hilfe“, sagt Walter zu Tippi, Kira und den Tieren. „Ihr seid sehr nette Indianer! Und ich wünsche mir ein Wiedersehen im Wald! Oder wir besuchen euch im Hotel.“
Mit diesen Worten erhebt sich Walter Schiller. Die anderen Schmetterlinge gaukeln hinter ihrem Bruder her. Sie drehen noch eine Extrarunde durch den Baumtraum, dann flattern sie geräuschlos wie eine lila Wolke in den Wald hinaus.
„Auf Wiedersehen, Walter und ihr anderen Schillerfalter“, ruft Tippi winkend.
„Das war ein tolles Wochenende!“, seufzt Kira. „Zuerst

war ich eine richtige Indianerin und danach eine Schmetterlingsforscherin!“

Nusstorte springt auf Tippis Schulter und Meinspatz setzt sich in sein Nest. Frau Doktor Mücke krabbelt unter Tippis T-Shirt. Sie summen, schmatzen und pfeifen um die Wette. Tina schaut ihre Tochter fragend an.

„Die drei haben ganz großen Hunger und fragen, wann es endlich Frühstück gibt“, übersetzt Tippi.
Ihre Mutter steht auf. „Jetzt“, sagt sie. „Der Tisch ist schon gedeckt und Oma Hoffentlich wartet auf uns.“ Sie macht eine elegante Verbeugung vor Viola und zeigt zur Tür hinaus. „Darf ich Sie zum Frühstück einladen?“
Viola lacht. „Da sage ich nicht nein. Vielen Dank!“

Barbara Zoschke hat über 40 Kinder- und Jugendbücher geschrieben, die in viele Sprachen übersetzt und als Hörbücher erschienen sind. Sie schreibt fürs Radio und engagiert sich mit spannenden Lesungen, Vorträgen und Schreibwerkstätten in der Leseförderung. Die Autorin lebt mit ihrer Familie in Köln.

Elli Bruder, geboren 1980 in der Pfalz, hat schon als kleines Mädchen gerne Bildergeschichten gezeichnet. Seit dem Studium in Schottland und Freiburg arbeitet sie als Grafikerin und Illustratorin. Sie lebt mit ihrem Mann und einem Stall voller Tiere am Ratzeburger See in Norddeutschland.

Tippi Tamtam ist das wildeste Mädchen des ganzen Waldes!

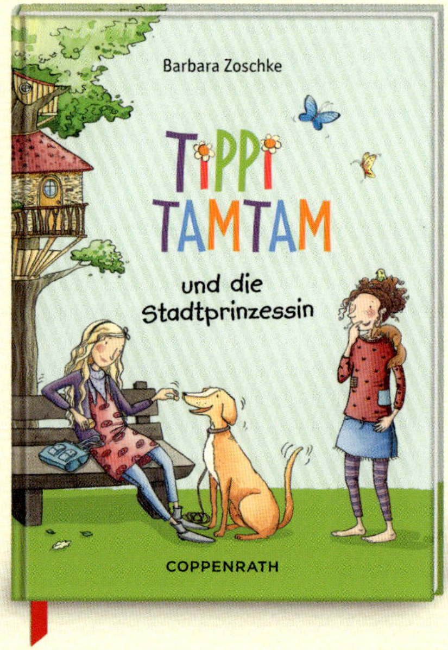

Tippi ist genervt! Seit Familie König im Baumhaus Astpalast wohnt, gibt es nur Ärger. Die Tochter Alexandra-Maria ist eine richtige Stadtprinzessin und ihre hochnäsige Mutter hat riesige Angst vor Tippis quirligen Tieren. Als dann auch noch das wertvolle Halsband von Fina, der Hündin der Königs, verschwindet, weiß Tippi, dass sie und ihre Freunde dringend handeln müssen, um den Familienfrieden zu retten. Ob sie den Dieb wohl entlarven können?

Barbara Zoschke

Tippi Tamtam
und die Stadtprinzessin

Illustrationen von Elisabeth Bruder
1./2. Klasse / 96 Seiten / mit Hörspiel-CD
ISBN 978-3-649-**60582**-9

€ (D) 8,95 | € (A) 9,20 | SFr 14,90*

Jeden Tag erlebt Tippi im Baumhaushotel neue Abenteuer.

Im Baumhaushotel wird es eng, denn die Wilde 12 hat sich angekündigt! Zunächst freuen sich Tippi und ihre Tiere auf die Großfamilie. Aber schon bald sind Nusstorte, Meinspatz und Doktor Mücke nur noch sauer, denn Fritz, der Jüngste der Familie,
ist ein echter Angeber. Als die Wilde 12 dann auch noch eine Party feiert und überall ihren Müll liegen lässt, stellen die Tiere Tippi ein Ultimatum: entweder wir oder die Wilde 12!

Barbara Zoschke

Tippi Tamtam
und die Wilde 12

Illustrationen von Elisabeth Bruder
1./2. Klasse / 96 Seiten / mit Hörspiel-CD
ISBN 978-3-649-**60583**-6

€ (D) 8,95 | € (A) 9,20 | SFr 14,90*

Tippi Tamtam – turbulent, witzig, aufregend!

Große Aufregung im Baumhaushotel! Als ein Fernsehteam anreist, um einen Bericht über das neue Baumhaus zu drehen, ist Tippis kleiner Vogel Meinspatz völlig aus dem Häuschen. Ob er die Reporterin überzeugen kann, dass in ihm ein Star steckt? Doch als das Waschbärjunge Boy wegen der ehrgeizigen Journalistin in höchste Gefahr gerät, muss Meinspatz feststellen, dass es beim Fernsehen nicht so lustig zugeht, wie er immer dachte.

Barbara Zoschke
Tippi Tamtam
und die rasende Reporterin

Illustrationen von Elisabeth Bruder
1./2. Klasse / 96 Seiten
ISBN 978-3-649-**61169**-1

€ (D) 8,95 | € (A) 9,20 | SFr 14,90*

Alle Titel auch als Hörspiele lieferbar:

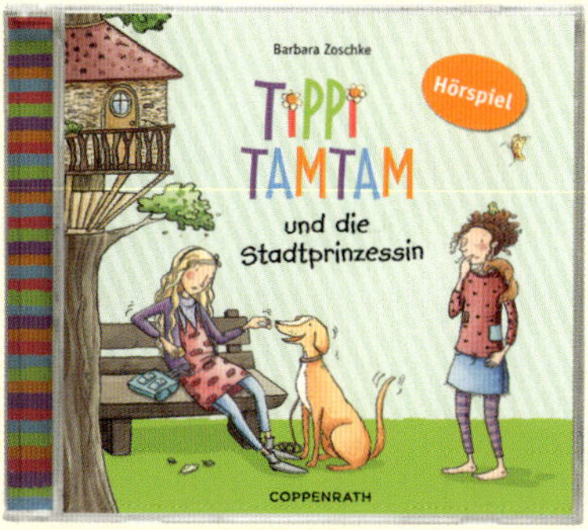

ISBN 978-3-649-**61415**-9

ISBN 978-3-649-**61416**-6

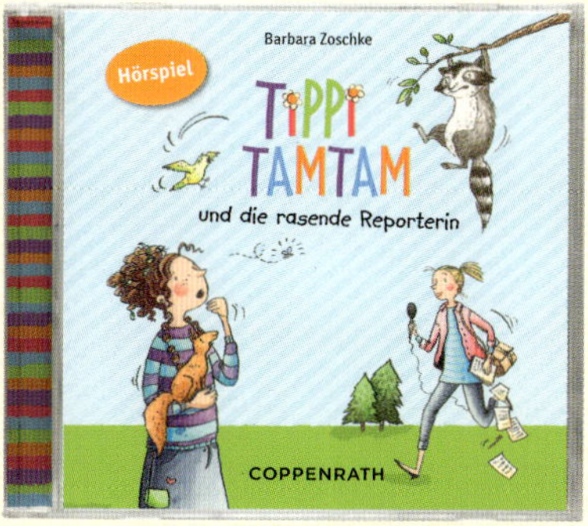

ISBN 978-3-649-**61506**-4

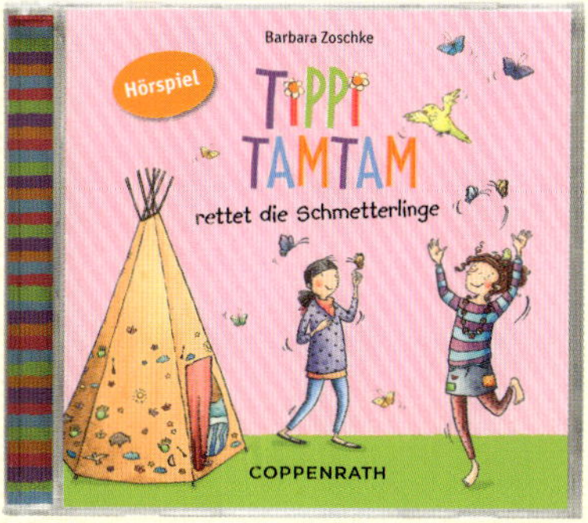

ISBN 978-3-649-**61507**-1

Der Zeltplatz von Tippi und Kira

Die Weide

Die alte Eiche